KB107291

바람의 옷깃을 잡고

바람의 옷깃을 잡고

유준화 시집

불교문예

■ 시인의 말

그냥 썼다

무언가 뜨겁게 가슴으로 치밀어 오를 때

쓰지 않으면 견딜 수 없어서

무언가 쏟아 버려야 속 시원할 것 같아서

그냥 썼다 그런데, 서럽다 이게 뭐지!

시 읽는 분들께서 무릎 탁! 치고

그래, 이게 내 이야기야, 할 수 있는 시, 써야 하는데

시 쓰기 갈수록 모르겠고 어렵다

아마, 죽을 때까지 이럴 것이다

이 시들이 어눌하지만 사랑하는 자식들인데

세상 사람들의 사랑, 듬뿍 받고 싶다

너무 큰 욕심부리는 거 같아 부끄럽다

2023. 7.

무령로 토방에서 유준화

차례

■ 시인의 말

1부

2부

3부

4부

■ 해설

1부

천상에서 보면

사람도
짱뚱어도

진흙탕 위를
기어다니며 산다

연꽃은
진흙 속에서 핀다

山門에서

노스님! 어디로 가십니까

어디서 온 지도 모르는 놈이
어디로 가는지 어떻게 알어

꽃은 보고 가셔야지요

꽃 보러 이렇게 다니는 거여

해후

쓰다가 말고 편지를 쭉쭉 찢어버린 적 있었다

붉은 복사꽃 이파리에 달빛이 눈 시리게 쌓이는 밤이었다

마음 건넬 곳 없어 바들바들 떨던 밤이었다

반백년 훌쩍 지난날, 우연히 지하철 경로석에서

그의 눈매가 몹시 닮은

구부리고 앉아있는 노파를 보았다

부끄러워 가슴 태우던 새 두 마리는 어디로 날아갔나

총알처럼 흐르는 창밖의 풍경을 보다가

던지고 싶은 말 "우리 어디선가 만난 적 있지 않나요"

입안에서 맴돌다가

쭉쭉 찢어버린 편지처럼 창밖에 날려버리고 내렸다

어느새

어느새라는 새가 있대요

그새가 귀밑머리에 앉았다 날아갔어요

그새가 눈썹에 앉았다 날아갔어요

그새가 머리 위에 앉았다 날아갔어요

그새가 아내에게도 앉았다 날아가고

그새가 친구들에게도 앉았다 날아갔어요

그새가 날짜를 마구마구 물고 날아갔어요

그새가 앉아있다가 하나씩 물고 날아가고 나면

하얀 발자욱만 남기고 가는 새

있었던 일들이 흑백 사진처럼 되어버리고

어느새 이렇게 되었나, 어느새 어느새 하며

우리도 새가 되어 날아간대요

바람의 옷깃을 잡고

어디 갔냐고 물었더니
그냥 왔다 갔나보다, 말한다

보고 싶어 미치겠다, 했더니
네 옆에 와 있을지도 모른다, 말한다

안 보인다 했더니
간 것도 아니니 온 것도 아니라고 말한다

소나무 스님

눈밭에 서있던
늙은 소나무가 눈 쌓인 팔 하나를
싹둑 잘라 발밑에 던진다

팔뚝만큼 쌓였던 눈의 무게를
과감하게 잘라낸 나무
그의 피가 바닥에 얼룩진다

해가 뜨면 녹아서 실체도 없을
그것을 보며
소나무 큰스님 홀가분하게 서 있다

대가리 타령

대가리가 있어야 세상은 돌아간다 맛대가리가 없
는 음식은 먹을 수가 없다 그 집 음식은 맛대가리가
없기로 소문났다고 한다 자동차도 대가리가 있어야
굴러간다 둔한 사람을 보고 대가리가 비었다고 한다
참한 사람 보게 되면 대가리가 꽉 차 있다고 한다 생
선도 대가리가 더 맛있고 기왕이면 용 꼬리보다 닭
대가리 되는 게 낫다고 한다 사람들은 대가리가 되
기 위한 목표를 세우고 달린다 대가리를 뽑기 위해
투표를 한다 대가리가 되고 나면 대가리를 잘 못 굴
려 저도 망치고 남도 망치는 놈도 있다 대가리가 되
어도 몸통과 다리가 없는 대가리는 살지 못한다는
걸 잊고 있다 牛頭머리가 되는 것이다 대가리가 보
이지 않아도 잘 사는 생물이 있다 들판의 풀도 산에
있는 나무도 계곡에 피는 꽃들도 대가리가 없다 대
가리가 없는 대신 뿌리가 튼튼하다 대가리를 뿌리
속에 감추고 있다 대가리를 감추고 사는 그들이 편
안하다 대가리에서 욕심을 버리면 사는 것이 극락이

라고 한다 극락에서 산다는데 대가리면 어떻고 머리라 부르면 어떤가 "대가리가 실한 놈이 좋은 것이여" 팔십 먹은 용식이 할머니는 오일장에서 난전을 펴고 앉아 오늘도 대가리 타령이다 대가리가 수북하게 올라온 콩나물을 사며 나도 슬그머니 대가리를 쓰다듬었다 아내는 오늘도 나보고 멋대가리가 없다고 했다 귀중한 내 대가리를!

비정非情

　뒷동산 한구석 뚱실이 무덤 위에 무더기로 핀 쑥부쟁이꽃은 쑥의 몸을 빌려 나에게로 온 뚱실이의 몸이다 동그랗고 검은 눈으로 온종일 주인 바라기하며 방문 하나하나 문소리를 기억하며 기다리던 뚱실이, 뚱실이가 기다리는 허공이 작은 떨림으로 흔들리면 화들짝 돌아보며 흔들리며 오려나, 볼 수 있으려나, 기다려보는 뚱실이의 몸짓이다

　쑥부쟁이꽃으로 피어 이전의 자신으로 돌아가는 것은 사랑이 매번 허무한 몸짓으로 끝나는 것이라는 걸 알만큼 알 텐데, 고즈넉한 산비탈에 옷을 갈아입고 다시 태어난 너,

　네가 꽃으로 다가와도 무정한 나는 일 년에 한두 번 스쳐 지나간다 비정非情을 비정인지도 모르는 부질없는 너의 사랑이 쑥부쟁이꽃을 빌려 비탈에 서 있다

낙엽

새가 되면 좋겠다, 생각했었나

아픈가 보다

늦가을 데굴렁 데굴렁 날아보네

왕관

비 오는 날 은개늪*에는

하늘의 별보다 많은 동그라미가 태어난다

동그라미들은 작은 왕관을 쓰고 있다

고향집 뒷산에 아름드리 고욤나무가 있었다

해마다 오월이면 하늘의 별보다 많은

고욤 알들이 왕관을 쓰고 있었다

고욤 알들이 왕관을 내려놓고 까맣게 익어가면

단내 나는 나무 밑에는 가을이 떠날 줄을 몰랐다

아이들아! 왕관의 꿈을 가슴에 품되

한 발짝 뒤로 물러설 줄도 알고

너무 높은 곳에 오르려 하지 마라

석가는 왕관을 던져버리고 인류의 스승이 되었다

폭풍을 견디고 알알이 여무는 가을이 오면

너희들 세상도 단내가 날 것이다

무수한 생명이 왕관을 쓰다가 버리고 있는

비 오는 날 은개늪에서

마음속에 동그라미를 그리고

남몰래 왕관을 쓰다가 내려놓는다

* 공주산성 아래 은개골 늪

동물의 왕국

TV에서 동물의 왕국을 보았어요

사자와 코끼리가 작은 것들을 밟고 지나가요
작은 것들의 시체 따윈 관심 없어요

사자의 눈을, 코끼리의 똥꼬를
작은 쇠파리가 갉아먹어요

작은 동물이 큰 동물을 이길 수 없듯이
큰 동물이 작은 동물을 이길 수 없어요

작은 날파리 몇 마리가
방충망을 뚫고 방으로 들어와 나를 괴롭혀요

작은 것들이 모여 큰 것을 이루고
큰 것들은 다시 작은 것들이 되는

무령로 하늘 아래도 동물의 왕국이에요

이삿짐 싸기

줄여야 한다고 한다
이삿짐을 싸는데 가져갈 것은 별로 없고
다 내다 버리고 가야 한단다
기념패, 공로패, 감사패, 상장, 액자,
오래 묵어 보지 않는 낡은 책
젊은 날 멋 부리며 입었던 옷가지들
버리려 하니 억울해서 눈물이 난다
정작 버려야 할 것은 마음 그득 쌓아놓고
삶의 족적들을 지우려니 눈물 난다
폐기물 처리 후 받아 든 쓰레기봉투 몇 장
내 삶의 보람이었던 그것들이 쓰레기였다니
잘 되었지, 뭘!
잘 버린, 당신들 따라
이다음에 훨훨 털고 길 떠나기 편하겠네!

3을 삶,이라 읽는다

　나는 고기도 제대로 잡지 못하는 늙은 어부다 무령로 지평포구에 닻을 내리고 산다

　목이 말라 잠을 깨니 333. 벽면을 타고 거미 세 마리가 기어 올라가고 있었다 커튼을 열면 거대한 밤바다가 창문에 가득 밀려온다 심해에는 야광충이 기어다니고 반딧불이 날아오르고 있었다 내가 가위눌리는 세상에서 소리를 지르거나 풋사랑의 달콤함에 취해 있는 밤에도 아무 일도 없다는 듯 그들은 기어다니고 날아다니고 있었다

　나는 몰랐다 내가 아름답다고 느낀 형상에 피 묻은 슬픔이 내재되어 있다는 것을, 내가 또 슬프게 생각했던 것들이 그들의 기쁨이 될 수도 있다는 것을, 내가 있든 없든, 내가 세상에 오줌을 갈기든 말든 세상은 변함없이 돌아가고 있다는 것을, 내가 어둠 속에서 기어오르는 3이라는 것을, 3을 삶,이라 읽고 삶을 삶,이라 읽는 것을, 해가 뜨면 눈에 띄지 않는 잡초라는 것을, 그렇게 살다 돌아가신 우리 어머니

아버지를 세상은 기억하지 않는다는 것을, 거대한 밤바다에 표류하다 흔적 없이 사라지는 3이라는 것을, 세상의 기억에 연연한다는 것이 얼마나 허망한 꿈이었는가를, 내가 다음 세상에는 3보다 좋은 몸으로 태어나길 바라고 있다는 것을……

나비 1

어머니 옥양목 하얀 저고리 위로
살구 꽃비 흩날리던 장독대 뒤
탱자꽃 울타리 넘어
저승에서 이승으로 밀어 올리는 꽃대처럼
훌훌 날아오르던 나비 한 마리
속절없이 꽃 진 가지 끝에 앉았다

아! 오십 년이 훌쩍 지났어요 어머니

나비 2

아버지는 동네 머슴이었다
누런색 등거리를 걸친 땀내 나는 머슴이었다
하얀 새치머리 같은 먼 산 골짜기에서
서럽게 떨어지는 버찌꽃 같은 머슴이었다
보릿고개에 우는 산비둘기 달래주던
오십 년 전
반도의 땅에 무수히 피다 진 들꽃이었다
꽃에도 혼백이 들어있다 했는가
그 들꽃마다 나비가 입맞춤하며 날고 있다

길을 가다가

어디서 만났는지
나는 당신을 기억하지 못해요
그건 당신도 마찬가지
그래도 우리는 길을 가다가 만났고
어디서 본듯한 따스함을 느낀 건
당신과 나의 몸속 어느 한구석에
공통된 유전자 분모가 하나쯤 들어있기에
전생의 흑백사진 하나쯤 묻어두고 있다고
그럴 것이라고 믿어서 그냥 좋았어요
스치듯 지나가는 이 순간도 소중하기에
당신도 아프지 말아요
혹시라도 마음 아픈 일 있거든
아프더라도 단풍잎처럼 곱게 아파요

빅뱅 실험

은하계의 한 별에서
수십억 년을 달려와
유리창에 앉아 나를 만난
별빛 하나

영겁의 시간을 달려와 서로 만난
너와 나는 우주에 핀 들꽃

시간의 굴레도 벗어버리고
생명도 굴레도 벗어버린
그가 나와 만나 빅뱅 실험을 한다

오늘 밤은
작은 별이 되는 꿈을 꾸겠다

2부

일터

아기똥풀 꽃대를 나온
털북숭이 애벌레 한 마리가
온몸을 독침으로 무장하여 겁날 것 없다는 듯
덤프트럭이 쌩쌩 내달리는
이차선 아스팔트 길을 정신없이 건너가고 있다

젖과 꿀이 흐르는 가나안 땅을 찾아
달려가고 있다

밥

나는 밥을 정말 좋아한다

남의 밥이 되기는 정말 싫다

밥이 되지 않으려고 날마다 밥을 먹었다

되도록 맛집을 찾아다니며 먹었다

남의 밥을 몰래 먹는 맛도 기가 막히게 좋았다

늙는 것이 아니라 익어간다고, 둘러대며

남의 밥이 되어가고 있는 나를

나만 모르고 있었다

소금

바닷물이 토해낸
고통의 입자
그 하얀 결정체를 녹여 매일 아침
바닷물을 먹는다

고통이 끝나기를 기다리며
사랑이 영원하기를 바라면서
또, 바닷물을 마시는 저녁
냉수로 다시 입가심해야 하는 저녁

가끔은 몸속에서
밀물과 썰물이 오가며 파도친다
간이 맞지 않는 날이면
그 파도 소리 더 크게 들린다

내 몸의 바다에도
별이 빛나는 밤이 오거나

동백꽃 만발한

외딴 섬 하나 있으면 좋겠다

강가에서

낡은 책을 정리하다가 책 속에 끼워둔 첫사랑 여
인에게 받은 연애편지도 함께 버렸나 보다

아내 몰래 감추어 놓고 눈깔사탕 빨아먹듯 가끔
읽어보던 그 편지

지금쯤 어느 사내 손바닥에 있던지, 아니면 재가
되어 허공에 뿌려졌을 것이다

노을이 깊어질 무렵, 강가에 서있는 나무 하나가
제 그림자로 강물을 낚시질하고 있었다

화음

이십 대 중반쯤이던가
친구 몇몇이 동행하여 속리산 여행 가는
버스 뒷자리에 앉아 흐르는 창밖을 보다가
아름다움이 먹먹한 슬픔으로 다가와
무심히 혼자 부르기 시작한
그 시절 유행하던 김정호와 박상규의 노래
하얀 나비였던가 조약돌이라는 노래였던가
여하튼
조용히 듣고 가던 승객들 중 앞자리에 앉았던
여인 한 분이 화음을 맞추어 주더니
그와 나는 함께 듀엣송을 부르게 되었다
조금 설레는 마음으로 우리는 계속 불렀고
승객들은 환호하며 눈인사로 기립박수
버스 문이 열리고 그녀와 나
눈웃음만 서로 남기고 헤어졌다
반세기가 지난 그 화음이, 보석으로 감전되어
누군가와 화음을 맞추며 살아갈 수 있게 되었고
내가 지금까지 걸어온 힘이라는 걸 알았다

하늘 노트

한 장의 하늘을 넘기다가
허전하여
무언가 잃어버린 듯 뒤를 봅니다

한 장의 하늘을 넘기다가
잠든 아내를 봅니다
아 ~ 오늘도 당신의 마음을 몰랐군요

한 장의 하늘을 넘기다가
다리도 저리고 쥐가 납니다
먼 길 왔는데 빈 손으로 왔나 봅니다

그래서 뒤척입니다
앞으로 몇 장의 하늘을 더 넘길 수 있나요
가슴 저립니다

한 장 한 장 넘기던 하늘 노트

나의 일기는 어떻게 적혀 있나요
내일도 당신을 그릴 수 있나요

그러면서 잠을 청합니다
구부리고 잠을 자면서도 내일은
좋은 그림 그려보길 소망합니다

달리기

KTX라고 하는 화살이
터널이라는 과녁에 명중한다
과녁의 속살은 차갑고 어둡다
황홀일까, 절망일까, 기다림일까
칸칸마다 다른 신분의 사람들이 타고 있어
수갑을 채우는 소리가 요란하다
과녁을 관통하고 나온 기차가
햇빛 아래서 들판의 철길을 달린다
어둠을 관통하면 다시 눈부신 햇빛
과녁에 돌진하는 사람들을 태우고
올라가고 내려가고 돌아가고 현기증 난다
구부러진 길을 푸념하며 달려왔는데
붉은 노을이 보인다
이제 끝이 보인다고 내릴 준비하란다
눈물 보이지 말아야 한다
내려가야 한다는 것은
이미 올라가 있었다는 것이 아닌가

사랑해

올해, 유치원에 입학하는 손녀가
가슴에 꽃 모양의 스티커를 달아주며
"할아버지"
"왜에"
"이거 단추야, 꼭 누르면 내가 달려올게에"
"어디서든지?"
"응!"
내가 단추를 누르며 "띵동 띵동" 하자
달려와 품에 안긴다
단추를 누를 때마다 달려와 품에 안긴다
"사랑해!"
"나두!"
멀리 자기 집에 가서 유치원 다니는 그 손녀
내가 단추를 누를 때마다
가슴속으로 달려와 품에 안긴다

입원실에서

포획된 그물을 빠져나가려는
소리 없는 아우성이 바닥에 깔린다
초점 없는 눈길로 걷는
차고 미끄러운 바닥은 안갯속이다
무심한 척 시선은 하향으로 고정한다
휴게실에서 나만은 아니길 바라면서
튀르키예 시리아 지진사태를 덤덤히 보고 있다
안갯속에서 간절히 기대하는 건
의사의 말씀과 간호사의 손길
퇴원하셔도 됩니다
거대한 대합실에서
그물을 빠져나가는 아내가 밝게 웃으며 인사한다
모두 건강하시고 쾌차하세요
침묵을 흔들고 나와 집으로 가는 길
밤 아홉 시 삼십 분에도 밝은 햇빛 따스하다

빛나는 날

아내와 강변을 걸었다
시간이 강물에 부드럽게 흘렀다
아지랑이와 버들강아지가 날개를 흔든다
날개를 팔랑팔랑 흔드는 계절
고라니 울음소리도 날개를 달았다
하얀 얼굴로 송이구름이 미소 지었고
햇빛이 눈부시게 물버들 가지로 내렸다
구름 사이로 하늘도 푸르게 웃었고
강물이 웃으며 윤슬로 화답한다
사십오 년을 함께 걸어온 아내가
요즈음 숨이 가빠져서
하루에 삼천 걸음을 힘겹게 걸었는데
오늘은 육천 걸음을 걸었다
향기로운 바람 따라
반짝반짝 빛나는 오늘이 날개를 달았다

들고양이

들고양이는 잘 있는가
내가 다가가면 배고프다고 울어대던 들고양이
수명은 8년, 야생에서는 2년이라는데
얽매이는 삶을 거부한 들고양이

말없이 먼 곳으로 이사 온 나 때문에
생존경쟁에 밀려 로드킬 당하지는 않았는지
나도 너와 같은 들고양이다
너도 너처럼 길 위에서 잠을 잔다

슬프게 앙앙대던
네 울음소리 귀에 걸린다
외로워서 울어도 정체성을 지키며
흙 검불에 살아도 몸에 티끌 하나 없던 너

밟히다

당신에게 밟히고 있으면 좋겠다 당신이 나를 밟고 있을 때가 행복했다 밟히다를 잘 못 발음하면 발키다가 된다 발키다도 좋다고 생각한다 멀리 떨어져 있을수록, 만나기 어려울수록, 우리 서로 밟고 있어야 한다 눈에도 발이 있다는 걸 나이 들어가면서 알았다 손녀들이 왔다 갔다 가는 뒷모습이 눈에 밟히고 눈 감으면 지금도 눈에 밟힌다 객지 있다가 오랜만에 집에 가면 어머니가 달려 나와 말했다 네가 눈에 밟혀 죽는 줄 알았다 이십년의 세월이 흘렀어도 아직도 나를 밟히고 있는지 오늘은 나도 당신이 못 견디게 눈에 밟히는 날이다

신발을 털며

발등까지 흐르는

산허리에 걸쳐있는 석릇빛 푸념

날 저물어 산그늘 어슬녘

멈추어 선, 시간의 텃밭에서

삼월에 피는 꽃들을 보내고

시월에 피는 꽃들을 마주한다

붉지만 서로 다른 꽃들의 빛깔에서

감자알 주워 담은 듯 어리는 아린 향기

길가의 풀꽃 한송이가 웃어주던 너 같다

노제

　자고 일어나면 땅바닥에 벌겋게 뿌려진 장미꽃
이파리
　빗자루로 쓸어 삽에 담아 울 밖으로 던지면 꽃비
가 내렸다
　푸짐하지만 향기도 별로 없고 가시만 숨겨 놓았던
　오월의 사랑이 땅바닥에 선혈처럼 뿌려지던 날
　친구의 장례식에 가서 노제를 지내는데
　길바닥에 붉은 꽃잎의 뼛가루가 뿌려져 바람 따
라가고 있었다

귀

귀를 하늘 둥지에 대고 잠드는 떼까치
귀를 갈대숲에 기대고 잠드는 고라니

나무들은 온몸이 귀라서 그냥 서서 잠들고
나는 귀를 바닥에 대고 잠을 잔다

나무들이 귀를 흔드는 것은
떼까치와 고라니가 무사히 오기를 바라는 마음

쉿! 낮말은 새가 듣고
밤말은 나무가 듣는대요

모진 칼바람에도
우리들 모두 귀를 열고 잠을 자는 것은

당신의 발자국 소리를 듣고
바닥이 따뜻한 세상이 되기를 바라는 마음

나는 광대다

날마다 외줄 타기를 한다

줄은 현기증 나게 높고, 밑은 강물

흔들거리는 줄에 몸을 맡기고 건너간다

줄은 늘 혼자라서

두려움에 떨었으나 이젠 습관이 되었다

줄의 시작은 어설픈 첫사랑이 있었고

줄의 저편에는 아내가 있다

아내는 종종 줄을 타고 나에게 오기도 한다

줄에는 사랑하는 사람들이 있다

네 것 내 것 따지고 다투기도 하지만

사랑을 확인하며 우리는 술잔을 나눈다

네가 그리워 줄을 잡고 울기도 하지만

줄에서 마주친 우리들이 웃을 때가 행복하다

마음이 아플 때는 시라는 약을 넣어

링거줄에 생명을 전수받을 때도 있다

아침마다 부활하여

해가 뜨면 줄을 타고 너에게로 간다

나는 관객 없는 광대, 외로움은 사치다

자화상

소주병 하나
강물에 둥둥 떠서 흘러간다
소주병에는 소주가 없다
누군가 기분 좋게 먹고
훌훌 버렸을 소주병 하나
빈 가슴을 끌어안고 흘러간다

백 리 길도 훌쩍 넘도록
강물에 흔들 흔들 거리다가
이따금
밑동을 흔들며 숨비소리를 내는
빈 소주병 속에는
아리게
낮달 하나 걸려있다

3부

나비 날갯짓 보다

아파트 십일층 베란다 창밖 허공으로
구름이 흘린 깃털이던가
하얀 나비 한 마리 나풀나풀 내린다
이제 겨우 정월 대보름 지난 지 열흘쯤 되어
꽃도 나뭇잎도 벙긋벙긋거릴 준비하고 있는데
당신은 어디 가서 날개를 접을까요
구천의 하늘을 구름이 되어 떠돌다가
이사 갔다고 해서 물어물어 찾아온 당신에게
창살을 잡고 흔들며
아버지 저 이렇게 살고 있어요, 말씀드리며
아파하며 번데기가 되어가는 우리 부부
조금 있으면 당신처럼 하얀 날개를 달겠지요
어느 날 봄이 우박처럼 쏟아져 내리면
차가운 얼음꽃으로 피어 있을지도 모르겠지요
그래도 그대들의 발밑에 꽃길 가득하라고
꽃샘바람에 눈물 흘리고 있을지도 몰라요
나풀거리는 당신의 날개에서

저승과 이승을 넘나드는 사랑을 보았습니다
반백 년이 지났으니 이제 날개를 거두소서
저도 꽃마중 나갈 채비를 하겠습니다

연분홍 시절이 강물에

강의 물길을 따라 흐르는 길옆에

개나리 피고 진달래 폈다

길도 강물도 보이는 건 작년과 다름없는데

얼마쯤 흘러갔을까 작년 이맘때

나와 마주한 그 강물, 그 바람, 그때 핀 꽃

그들은 가고

나는 또 혼자가 되어 너희들을 만난다

산이 어제처럼 강물에 발을 담그고

황사 자욱한 시간을 배설하지 못하여 신음한다

나비도 날기 힘든 어눌한 봄날

개나리 진달래꽃과 함께

강물의 밑바닥은 뜨겁게 바위를 깎는다

바위를 깎다가 피를 토하고

그들이 수상한 시절을 가지고 떠나면

배설된 나는 강물의 거품이 되어 떠 있겠지

첫사랑이자 마지막 사랑들은

얼마나 많은 이별들을 숨기고 있는가

강물은 언어들의 무덤이 된다

쌀꽃

사십 년 넘게 함께 살아
금이 간 항아리
실리콘으로 때워도
물을 담으면 물이 새고
기름을 담으면 기름이 새고
쌀을 담으면 바구미가 생겨서
우담바라꽃이 피었다
그 항아리
봄 햇살 가득 고여있다

철쭉꽃 1

산소 호흡기를 꼽은 아이가
태어난 지 겨우 일주일을 넘기고 죽었다
어린 육 남매를 땅에 묻은 아버지는
그런 것도 대물림한다며
땅이 무너지게 한숨 쉬며 고개를 숙였고
철쭉꽃이 만발하던 그 해 사월,
통곡하던 어머니는 몹쓸 거라고 가슴을 치며
라면 박스를 상여 삼아 사대 독자 손자를
곰나루 공동묘지에 파묻었다
지금은 백제 문화단지가 되어 흔적도 없는 그곳
먼 산마다
애장 무더기 같은 철쭉꽃이 피를 토한다
내 팔자려니 하며 살다가 사십 년도 더 지나서
이제는 그 꽃 강물에 던진 줄 알았다
아내와 함께 창벽 강변도로를 달리다가
뭉게구름처럼 피어오르는 신록을 보았다
그 숲속에 이름도 없이 죽은 그 첫아이가

파르티잔처럼 숨어있는 철쭉꽃,

그 꽃 무더기가 아내와 나의 가슴에 총질을 한다

온 산에 혈흔이 뚝뚝 떨어지는데

아직도 그 꽃을 꺾어 버릴 수 없다

철쭉꽃 2

철쭉꽃을 많이 따먹으면 애가 떨어진다고 하여
이웃집 누나를 데리고 뒷산에 올랐다는데
이름 모를 산소의 봉분에 기대앉아
하루 온종일 철쭉꽃만 따 먹였다는데
떨어지라는 애는 안 떨어지고
사나흘 배앓이하며 눈이 쏙 횅하게 들어갔던
그 누나는 그 뒤
팔려가듯 서울로 떠나 소식 없었다는데
돈 많은 홀아비와 살림을 차렸다는
뜬소문만 얼핏 설핏 들었다는데
해마다 철쭉꽃 뒷산에 흐드러지면
접동새 아기 울음처럼 울다 가곤 했다는데
반백 년이 지나 죽었는지 살았는지 모르지만
해마다 사월이면 철쭉꽃 피는
그 고향마을도 이젠 빈집에 묵정밭만 있다는데

원추리꽃

당신이 오신다는 날
산발치 오솔길에 원추리꽃이 피었습니다

잘 있어라, 하고 당신이 가신 날도
먼 산발치 오솔길에 원추리꽃이 피었습니다

목을 길게 늘이고
기다리며 꽃 피우는 것이 사는 거라고

서러움도 있어야 기쁨도 있는 거라고
그게 다, 살아있는 자들의 몫이라고 하셨던가요

있는 듯 없는 듯, 피고 지는 나뭇잎처럼
극락교 옆, 부도탑 뜰에도 피었습니다

나리꽃

고개를 들고 나를 보아요

발끝을 보고 있어도 마음만은
나를 향해 있다는 걸 압니다

주홍빛으로 물들고
살며시 흔들리는 꽃술

당신의 눈물이라는 걸 압니다

어찌하나요
전생과 이생의 강이 분명한 걸요

넘을 수 없으니
모른 척 돌아서 가지만

그래도 이 순간은
고개를 들고 마주 보아요

아카시아꽃

가까이 와
너도 좋아!

까르르까르르
터지는 오월의 함박웃음

쌀 한 되 들고
뻥튀기하러 가던 시절

한아름
안겨 주었던

열일곱 꽃향기
순백의 누이 같은

아리게 깔리는
어떤 이름 같은

오월의 엽서

오월에 엽서가 왔다
아카시아꽃 향기가 나는 나뭇잎 엽서가 왔다

우리들 슬프게 하지 말고
당신의 아기들만큼
우리 아기들도 사랑해 주세요
사랑하는 마음 듬뿍 담아 당신에게 보내니
우리 아기들 잘 크게 도와주세요
당신의 아이들과 함께 잘 살고 싶어요, 하며
예쁜 글씨로 적어서
내 눈 안의 우체함에 넣은 나뭇잎 엽서

반짝반짝 빛나는 연녹색 엽서가
하늘길 달려와 나에게 왔다

꿀맛

간밤에 애기똥풀 노란 꽃잎에 노랑빛 별이 놀다
갔습니다

하얀색 별들이 놀다간 자리에는 쇠별꽃, 참개별
꽃들이 피었습니다

그 별들이 놀다간 자리에 아짱아짱 아기가 꽃구
경 나왔습니다

벌들이 날아와 꿀을 따고 있는 아침

아! 그래서 아가가 꿀맛 나는 세상을 기다리고 있
습니다

나팔꽃

그녀는 새벽마다 입술을 내민다
입술을 벌리고 화사하게 웃는 그녀
그녀의 입술은 진한 핑크색 립스틱 발랐거나
선명한 보라색 립스틱을 칠하고 있다
아침 햇살에다 키스 마크를 찍어 놓는
이슬 머금은 그녀의 입술 때문에
방안은 분홍빛 설렘으로 가득하다
창밖에서 방안을 기웃거리며
그녀가 불어대는 나팔 소리는
따뜻한 귀울림으로 다가와
아침 햇살은 무지갯빛으로 출렁거린다
비바람과 눈보라에 바래 버린
하얀 머리카락이면 어떠랴
아직도 청순한 사랑으로 만날 수 있다니
재수 좋은 날이다
그대를 위하여 분홍색 립스틱을 발라야겠다
그러고 사뿐사뿐

발걸음도 가볍게 외출해야겠다

너 때문에 당분간은 청춘이겠다

소식

어디에 있니?
뻐꾹, 뻐꾹

어디로 가니?
뻐꾹 뻐뻐꾹

訃音 듣고
치마폭에 넣어

찔레꽃, 애기똥풀꽃
마음 타는데

혼자 왔다
둘이 가는

둘이 왔다가
혼자 가는

뻐꾹, 뻐꾹

빠뻐꾹 뻐뻐꾹

만월

달이 찔레꽃을 출산했습니다

찔레꽃이 피어도 오지 않았습니다

만삭인 달이 억새꽃을 출산했습니다

억새꽃이 피어도 오지 못했습니다

가시를 잡고 달빛에 물어보는 칠십 년

휴전선 일백오십오마일 철조망에

바람의 뼛가루가 뿌옇게 흩어지는 밤입니다

이제, 남은 시간 없는데

이산가족들 아직도 상봉하지 못하여

눈물의 뼛가루가 뿌옇게 흩어지는 밤입니다

비 오는 날의 수채화

비 오는 날은 소리가 가까이 들린다
멀리서 오는 소리
어디로 가는 소리
창문을 두드리고 나뭇잎 흔드는 소리
물을 넘고 산을 돌아 나에게 오는
너는 백년손님 바람비이어라
오고 가는 것도 부질없다 말하는
허기진 바람을 몰고 오는 바람비이어라
원추리 꽃잎에 내려앉은 빗방울
붓으로 듬뿍 찍어 하늘에 뿌리면
원추리 꽃망울이 뚝뚝 떨어져
주황색 꽃잎을 개울에 띄워 보낼 것이다
비에 젖어도 지워지지 않는 너의 향기도
물 위에 띄워 보낼 것이다

하늘붕어

그대, 바람의 결만 마시고 살아본 일 있는가
바람의 결만 마시고도
청아한 목소리로 연주해 본 일 있는가

그대, 달 밝은 밤 달빛에 묶여 울어본 일 있는가
별빛에 배를 채우다가 말라버린 배를
쏟아지는 빗물로 채우려 온몸이 젖어본 일 있는가

허허한 허공에 매달려 소리 내어 하고 싶은 말
머리를 부딪쳐 울어보고 그래도 외로우면
뱃가죽과 꼬리를 흔들며 보고 싶다 소리쳐본 일 있
는가

종잇장처럼 말라버린 몸으로
먼산만 바라보다가 바람의 모가지를 물고 늘어지듯
뼈마디를 부딪쳐야 하는 붕어로 살아본 일 있는가

절집 처마에서 하늘붕어로 매달려 살아가는
일 년 삼백육십오일, 그런 운명 서럽다고
온몸을 부딪쳐 종 쳐본 일 있는가!

하늘붕어에게 답하다

너 장마당에서 꽃제비 하다가
두만강 건너 십 만릿길 10여 개국을
혈혈단신으로 살아남기 위해 도망 나와 본 적 있니

너, 침략자들에게 조국과 아내가 유린되고
무너진 건물에서 아이를 잡고 울부짖다가
난민이 되어 타국으로 떠밀려 노숙생활 한 적 있니

너 지적 장애인 아들과 병든 아내를 위해
새벽마다 인력시장에 나가
아무 일도 좋으니 제발 팔려가게 해달라고 빌어본
적 있니

삼십 대 후반에 겨우 결혼하여 전세 들어 사는 집
목숨 줄 같은 전세자금을 사기꾼에게 날리고
어린 자식과 아내를 데리고 거리로 내몰릴 처지가
되어 본 적 있니

그대의 울음소리가 나의 귀에는 음악으로 들려와서

그대의 푸념이 바람이 연주하는 천상의 목소리 같아서

절집 처마 밑에 마음 내려놓고 오는 거 탓하지 말게나

살고 싶다

병마에 신음하는 사십 대 여인이
병실 창밖에 보이는 먼 산을 바라보며
목젖이 휘어지도록 속으로 소리친다
"살고 싶다"

TV 속의 부모 잃은 어린아이가
전쟁으로 먹을 것이 없어 죽어가는 아기가
불치병 환자가 간절히 기도 하는 그 말
"살고 싶다"

그동안 무심코 밟아버린 어린 생명들이
외치고 있는 간절한 그 말
듣고 넘기고 남의 이야기인 줄 알았는데
"살고 싶다"

대학병원에 치료하러 간 환자들이
속으로 속으로 하늘에 던졌을 그 말

나도 가끔은 소리 내어 중얼거렸던 그 말

"살고 싶다"

한 번쯤

누구나 죽기 전에 한 번쯤
만나보고 싶은 사람 있을 터

그 사람은
나

잊었든지
말든지

그러든지
말든지

누구나 죽기 전에 한 번쯤
불러보고 싶은 이름 있을 터

4부

씨앗

살아 있는 것들은 껍질을 깨고 나왔다

어미의 고통은 하늘을 찔렀을 터
아기의 울음은 고고하고 힘차게 울린다

저 수만 개의 생명체 중
새끼 날 때까지 살아남는 것은 얼마나 될까

페로몬 향기의 쾌락이 불러온 끝없는 경쟁
살아있는 것들은 치열하게 촉수를 키워 나간다

그들은 어디로 끌려가는지 모른 채

살아있는 것들은 모두가 껍질을 만든다

미운 나무

식물도감에 없는 나무가 있다
그 나무는 번식력이 강해서
음지나 양지 습한 곳에서도 자라고
정원이나 산과 강, 마음속에도 자란다
어쩌다가 페로몬 향기도 나지만
눈물이 많은 꽃을 피우며
열매는 밤알처럼 고소하기도 하고
달고 쓰고 맵기도 한다
고함량의 독이 들어 있는 열매를
저도 모르게 씹어 삼키게 하는 나무
외로움에서 움트는 나무
누구나 한 주씩은 가꾸게 되는 나무
미워하지만 어쩔 수 없이 곁에 두는 나무
식물도감이나 학명에도 없는 나무가 있다

대화

공주 산성동 오일장에서
봄나물 팔고 있는 아주머니들이
말을 주고받는다
세상 재미있어 사니?
그럼 너는 재미없어도 사니?
그런 놈들 많어야!
그런 놈들도 많어야!
좌판 위의 봄나물이 파릇파릇하다

껍데기

공주 옥룡동 오르막길에서
주름진 노인이 리어카를 끌고 간다
비탈진 골목길을 삐걱대며 올라간다
알맹이가 빠져 버려진 골판지 상자가
가득 실려 있는 리어카에는 택배 상자 주소와
과일, 라면, 야채, 옷, 수산물 등의 로고가 있다
알맹이가 빠져버린 노인이
껍데기 없는 알맹이는 없다는 듯
거리에 버려진 껍데기들을 가득 주워 모았다
상자들은 다시 태어나
누군가의 알맹이를 다시 담을 것이다
우리의 부모와
그대가 예쁘다고 입고 다니는 옷도
우리의 껍데기일 것이다
빈껍데기가 되어 있어 보니
함부로 껍데기라 부르면 아프다
당신도 늙으면 껍데기가 될 수 있다
껍데기 없는 알맹이는 밥이 된다

A의 무게

민속박물관에서 지게를 보았다

바들바들 떨리는 무릎을 곧게 세우며
작대기에 힘을 주고 일어나려면
지게 위에 얹어있던 짐의 무게가
천근만근 어깨와 가슴을 눌러 놓았지

지게 바작 아래는 늘 아버지가 있었고
뒤에는 해 질 녘 돌아오는 어머니가 있었다
민속박물관 안에는 가물가물
유년기의 미루나무 가로수길 신작로와
자치기 연날리기하던 눈 내린 벌판이 있었다

아직도 매일매일 지게를 진다
등허리에 A자를 놓는다는 것은
천근만근 어깨와 가슴을 조여내는 일
잠을 자다가 문득 깨어보면

짓누르고 옥조이는 저 시커먼 짐의 무개

민속박물관에서
진시황릉 병마용갱의 병사들처럼 살아 숨 쉬는
지게를 벗어버린 이들의 뒷모습을 보았다
짐의 무게는 내려놓을수록 가벼웠을 터
당신도 지게를 가볍게 지라고 권하고 있다

격려

파종 후 남아서 방치된 시금치 씨앗
포장지에 적혀있는 생산된 일자가 2019년 7월
지금은 2022년 10월이니 3년이나 지났다
안쓰러운 마음에 공터에 심어 주었더니
차갑게 가을비 내린 땅을 비집고 나온 새싹들
어둡고 음산한 창고에서 이를 악물고
참고 꿈을 키웠는데 또, 차가운 겨울이라니
봄은 아직 멀리 있어도 줄기차게 뿌리를 내린다
"따뜻한 세상은 멀지 않았어"
"아이들아 따뜻한 세상은 네 마음속에 있어"
서로서로 어깨동무하며 다독이고 있다

나도, 춘래불사춘

생강나무 꽃망울이 문자를 보내왔다
"조금만 기다려, 곧 너를 만나러 갈게!"
생강나무 밑에서 복수초가 말했다
" 나도 네가 보고 싶어! 함께 갈 거야"
멀리 남녘 섬나라에서 유채꽃들이
꿀벌들과 입맞춤하는 영상편지를 보내왔다
" 여긴 봄이야~! 거긴 아직도 멀었구나"
생강나무 꽃망울이 슬픈 얼굴로 말한다
"멀었지, 아주 멀었지!
코로나가 극성인데도
지구 한쪽에서는 가족과 나라를 지키기 위해
소총으로 탱크와 미사일을 막아야 하고
여기 인간들은 제가 제일 잘났다고 떼 지어 다니며
소리 지르고 있지"
거기는 아직도 봄이 멀리 있구나
카톡방 친구들이 소란스럽다

제민천길

옛날 하숙집 골목을 돌아 나와
제민천 산책길을 걸어가면
맑은 물들이 꼬리치며 흘러간다
물결의 지느러미에서 나비들이 날아오르고
풋풋한 첫사랑이 산딸기처럼 익는다
학창 시절의 친구들은
이제, 제민에 힘쓰는 인재가 되었다
주미산 봉황산 우금치에서 발원하여
오천 년을 흐르는 제민천에서
대통사 종소리를 듣는다
포효하는 무령대왕의 말발굽 소리가 들리고
망이 망소이의 절규와 한이 서린 이곳
우금치 넘어 공주성 흔들던
백성을 구세제민해야 한다는 동학의 함성이
핏빛으로 물들어 흘렀다는 제민천
파랑새 한 마리가 황새바위에서 공주산성으로
빗금을 그리며 날아간다
그 울음 꺾어질 듯 이어지며 들린다

환청

열흘 전에 친구가 죽었고
오늘 또, 다른 친구가 죽어
그의 옛집 마당에서 노제를 지내는데
철쭉꽃이 피를 토하듯 말을 건넨다
"신선이 별거인가, 사는 게 즐거우면
그게 신선놀음인 거야"

불가마 속에서 승천하는 그를 생각하며

산다는 것은
청양고추 팍팍 썰어 넣은 국물과
꼬불꼬불하게 꼬여있는 라면 줄기를
눈물 흘리며 먹는 것이다, 하는데
"지나고 나면 한순간이고
지나고 나면 너도 나도 똑같아지니
너무 모나게 살지 말게"
들려오는 소리는 환청인가

유리컵

투명한 유리잔에 금이 갔다
누군가의 실수로 내려뜨려 금이 간 유리컵
쓰레기 더미 옆에 버려져 있다
한때, 세상을 품에 안을 꿈 꾸었던가
용의 발톱같이 날카로운 문양으로 금 간 곳에서
이루지 못한 그의 꿈이
오색으로 빛나는 현란한 슬픔이다
위하여!
축배를 들며 다 함께 부딪쳤던 잔
가슴에 가득 정성을 담아
평생을 누군가의 목마름을 달래주던 잔
금이 간 유리잔의 상처가
휘두르는 날카로운 비수의 검광이
일도양단의 기세다
노인병원 쓰레기 더미에 버려진 유리잔 하나

할미꽃의 노래

생태탕집에서 아내와 밥을 먹는데
"칠순이 훌쩍 넘은듯한 여인이 구부리고 들어온다"

"어서 와!"
"경순네가 삼겹살 사준다 해서 왔어"
"오늘 돈 많이 벌어서 내가 고기 사주려고"
"힘들게 벌었으면서 뭘 우리까지 고기 사준다"
"돈 모아봤자 자식 놈들 쌈박질밖에 더하겠어"
"할아버지 보고 싶어 미치겠어"
"영감에게 잘하지, 지금 와서 무슨 소용여"
"그때는 그걸 몰랐었지"
할미꽃 세 송이가 목소리 높여 노래한다
"있을 때 잘해! 후회하지 말고…"
아내가 한 마디 한다 "늙으면 친구들이 있어야겠네"

저 꽃들 나이 들었다 하여 사랑을 모르겠는가
고개 숙인 가슴속 저리 붉은 것을
붉은 가슴속 노랑 리본 저리 선명한 것을

찔레꽃
— 머슴꽃이라 했다

하얀 찔레꽃 흐드러지게 핀 어깨 너머로
아기똥풀 노란 꽃이 고개를 내밀고 있습니다

남들 돈 벌을 때 생손 앓았나
배운 것 없는 조선 놈 주제에 애는 퍼질러 낳고

당신의 가슴으로 날아오는 비수들이
가슴을 관통해도 죽을 수 없어 뜨쟁이밭을 일굴 때
자갈밭 돌멩이가 날아든 비수에 불꽃이 튀었고
뻐꾸기 소리도 비수에 맞아 피가 낭자하게 흘렀다
는 그날도
꽃대를 밀어 올려야 했던 머슴꽃

피칠갑을 한 오십오 마일 철조망 잡아 흔들며
일백 년 가까이 또, 머슴꽃이 피었습니다

밤이면 옥양목 하얀 치마를 풀어놓고 울던 강물아

서럽게 서럽게 꺼이꺼이 목울대를 넘어오던 이름아
저승에도 못 가시고 구천을 떠도시나
유월 염천에 하얀 등거리 걸쳐 입고
시퍼렇게 가시를 세우고 다시 환생한 머슴꽃

당신의 아들도 이제는 머슴꽃이 되어
아기똥풀 노란 꽃을 업고 철조망을 잡고 있답니다
아버지!

너와 나

한 열 걸음쯤 떨어져
조금은 멀리 보는 것이 예쁘다
붉은 단풍잎 사이로 걸어가는
멀어져 가는 여인의 뒷모습과
살짝 돌아보며 웃어주는 그녀의 미소는
산새가 흔들고 간 들꽃이다
너와 나
조금은 멀리서 보는 것이 더 예쁘다
열 걸음 이상 멀리 가지도 말고
너무 가까이 가려고 하지 마라
너무 가까이 있으려 애쓰지 마라

요통

허리가 아프다 허리가 아프다는 것은 완충지대가
이상이 생겼다는 말이다

다리는 다리대로 몸통은 몸통대로 서로 다른 생
각으로 움직이려 하기 때문이다 그래도 견디는 것은
머리가 다리와 몸통을 화합시키려 노력하기 때문이
고 같은 방향으로 가기를 희망하기 때문이다

화합하지 않으면 다리도 몸통도 머리도 함께 넘
어질 수밖에 없다 그래서 허리 아프면 머리가 아프
다 무슨 무슨 기념일이나 행사 때는 신음 소리가 요
란하다 허리가 아프기 때문이다

병원에 가서 진찰을 했다 의사가 말했다 어요통語
腰痛이 심하시네요, 수술해야 합니다

깃발

모두가 기지개를 켜는 아침
깃발을 들고 나온다

나는 너에게 깃발을 흔든 적 있고
너도 나에게 깃발을 흔든 적 있다

문양과 빛깔은 다르지만
풀과 나무들이 함께 만드는 깃발에는

구름도 손을 흔들고 가는
아름다운 미소가 있다

깃발에 목숨을 걸기도 하지만
상생하고 사랑하자는 깃발도 있다

산다는 것은 죽을 때까지
깃발을 흔드는 것이다

소원꽃

이제는 싸우지 말고 오래오래♡
사랑하는 사람들 모두 잘 먹고 잘살자
아빠 엄마 건강해지게 해 주세요
할머니 할아버지 100살까지 ♡, 로또 1등
우리 사랑 영원히 다음 집은 펜트하우스
집 팔리게 해 주시고 건강하게 해 주세요
이번 시험 올 100 되기를 ♡
우리 아기들 건강하고 행복하게 해 주세요
부자 되고 건강하게 해 주세요
우리 가족 행복하게 해 주세요
우리 우리 건강하고 손자며느리 행복하게♡
남편과 7 ~ 8년만 더 살게 해 주세요
다섯 살 된 우리 손녀도 소원지에 적었다
부자 되게 해 주세요♡

제 68회 백제문화제 소원지에 적힌 소원들
가을밤 불빛을 타고 하늘로 올라간다
이 작은 소원꽃들 온 세상이 따뜻하다

밤

길복이네 사랑방에서 철구와 함께 고구마를 구워 먹던 날 밤에도 문밖 뜰팡 아래로 싸락눈이 푸실거리며 내리고 있었다 꺼져가는 질화로의 불씨를 인두로 다독이며 아랫마을 천복이네 검둥이가 이웃집 흰둥개와 흘래 붙던 이야기로 낄낄거리며 웃고 있던 밤이었다

외양간에 매어둔 암소가 발정이 났는지 대낮부터 움머 움메 소리를 지르며 밤중까지 울고 있었다 그 소리를 듣고 있던 길복이 할머니가 안방에다가 문 열고 냅다 소리를 지른다

"즈이들은 실컷 하면서 소는 왜 안 시켜줘~! 씨끄러워 못 쌀겠네~! 콱!"

서울로 간 길복이의 옛날 집터에 들어선 아파트 단지로 이사 온 사람들 중에 이상한 것들은 그 짓만 실컷 하고 애는 만들지 않고 살기로 했다는데, 그런 것들이 세상에 부지기수라는데, "늙고 병들면 새끼가 최고여!" 소리 지르던 길복이 할머니가 생각나는 밤이다

나이테

길을 내기 위한 벌목 현장에서

기계톱에 아름드리나무들이 잘려나간다

나무는 몸통에 입동이 지날 때마다 한 개씩

수백 개의 정규 등고선을 그렸을 터

그 선 하나에 한 시절의 사랑과 슬픔이

철근처럼 굳어 있다

얼마나 아팠으면 번뇌가 되고

얼마나 더 아파야 보석이 되는가

속으로 속으로 되새기며 거목으로 성장했던

그의 나이테가 철근처럼 단단하다

나이테가 성할 때, 나무는 쓰러지지 않았다

나이테가 잘려 나갈 때, 수 백 년의 시간도 끝이 났다

계절이 물수제비처럼 뛰어다닌

나의 몸통에도 나이테가 그려져 있을 것이다

반세기가 훌쩍 넘은 삶의 궤적을 그린

그 목마름의 악보가 이다음에

오동나무 가야금을 연주하듯 깊은 울림이 되어

당신 곁에 남고 싶다

■ 해설

은유와 풍자로 그려낸 삶의 비의

고명수(시인 · 전 동원대 교수)

1. 욕망과 집착으로 인한 존재의 무거움

모든 존재는 영속하지 않고 변해가며 사람의 마음도 무시로 변한다. 그래서 삶의 본질은 괴로움이라고 붓다는 설파했다. 이러한 존재의 진리를 깨닫고 『금강경』의 말씀처럼 '머무르지 않는 마음'을 내어 이 세상을 살아간다면 아무런 미련도 집착도 없기에 고통도 없을 텐데, 실상은 그렇지 못하다. 사람들은 갖가지 고통으로 신음하며 삶을 겨우겨우 견디고 있다. 왜 그럴까? 인간의 마음속에는 온갖 욕망들이 들끓고 있기 때문이다. 그것은 아마도 생존 본능을 지닌 인간들이 험난한 환경에 적응하면서 살아남으려고 애써 온 진화과정에서 기인하는 것이 아닐까 한다. 인간은 다양한 욕망을 지닌 존재이다. 육신으로 말미암아 생기는 여러 가지 물질적 욕망에서부터 생의 근원적 결핍과 단절로부터 오는 마음의 욕망까지 숱한 욕망의 결집체가 곧 인간이기에 인간은 본질적으로 삶에 대한 집착과 미련을 버리기가 쉽지 않은 것이다. 이러한 삶에의 욕망과 의지는 사람뿐 아니라 생명을 지닌 모든 유기체들이 공통적으로 지닌 것이기도 하다. 그러므로 이 세상은 욕망의 "진흙탕"이라 할 수 있다.

사람도
짱뚱어도

진흙탕 위를
기어다니며 산다

연꽃은
진흙 속에서 핀다
— 「천상에서 보면」 전문

조금 떨어져서 바라보면 이 세상은 욕망의 "진흙탕"이다. 모든 존재는 진흙탕 위에서 목숨을 영위하며 살아간다. 그 점에 서는 "사람도/짱뚱어도" 마찬가지다. "진흙탕 위를 기어다니 며" 먹이를 찾고 결핍을 채우고자 몸부림치며 산다. 진흙탕은 곧 유기체의 삶이 현장이다. 그곳은 오욕칠정이 난무하는 세계 이다. 그런데 이러한 욕망이 서로 부딪치고 난무하는 세계 안 에서 "연꽃"이 피어난다는 사실은 매우 아이러니컬하다. 뭇 생 명들이 서로 부대끼면서 살아가는 "진흙탕"에서 "연꽃"이 핀다는 것은 바로 모든 진리는 삶의 현장에서 솟아난다는 사실을 역설적으로 보여준다. 삶의 현장과 동떨어진 진리는 아무 소용이 없는 것이다. 욕망이 서로 부딪치는 삶의 현장을 떠난 진리가 무슨 의미가 있겠는가? 서로 부딪치고 투쟁하는 욕망의 현장에서 비로소 그 고통을 가라앉히고 불타오르는 욕망을 정화淨化시켜 온전한 마음의 평화에 이르게 해 줄 진리에 대한 당위성이 존재하는 것이다. 그러니 삶의 현장을 벗어난 진리가 무슨 의미가 있겠는가?

> 아기똥풀 꽃대를 나온
> 털북숭이 애벌레 한 마리가
> 온몸을 독침으로 무장하여 겁날 것 없다는 듯
> 덤프트럭이 쌩쌩 내달리는
> 이차선 아스팔트 길을 정신없이 건너가고 있다
>
> 젖과 꿀이 흐르는 가나안 땅을 찾아
> 달려가고 있다
> ―「일터」전문

위의 시에서 보듯이 모든 유기체는 유전자 안에 프로그래밍된 대로 맹목적인 생의 의지를 따라 살아간다. 자신의 의지와 상관없이 이 세상에 내던져진 "털북숭이 애벌레"와도 같은 모든 존재는 자신의 의지와는 무관하게 돌아가는 세상, 즉 "덤프트럭이 쌩쌩 내달리는" 위험천만한 세상의 냉혹한 "아스팔트 길"을 건너간다. 이것이 바로 존재의 실상인 것이다. "털북숭이 애벌레"는 왜 그러한 험난한 길을 "정신없이" 가고 있을까? 그것은 아마도 모든 존재에 내재하는 근원적인 내적 결핍 때문일 것이다. 그러한 결핍을 해결해주는 곳이 바로 "젖과 꿀이 흐르는 가나안 땅"이라고 믿기 때문에 달려가고 있는 것이다. 정신분석학을 창시한 프로이트는 이것을 '니르바나(nirvana)의 원리'라고 불렀다. 모든 유기체는 무의식적 본능에 의해 야기된 내적인 욕구가 발생하면 긴장 상태에 놓이고 가급적 빨리 그 긴장 상태를 벗어나기 위해 행동한다는 것이다. 행복한 태내胎內 공간에 있던 아기는 이 세상에 나오면서 탯줄이 잘린다. 이것을 자크 라캉은 '원억압(refoulement originaire)'이라고 불렀다. 인간이 최초로 경험하는 상실이다. 이로부터 인간은 영원히 잃어버린 태내 공간을 그리워하며 살아가도록 운명지어진다. 어쩌면 "젖과 꿀이 흐르는 가나안 땅"은 잃어버린 태내 공간처럼 영원히 도달할 수 없는 장소의 상징인지도 모른다. 그러니 행복했던 그곳을 떠나 세상에 나온 인간은 필연적으로 외롭고 불안한 감정을 지니게 된다.

식물도감에 없는 나무가 있다
그 나무는 번식력이 강해서
음지나 양지 습한 곳에서도 자라고
정원이나 산과 강, 마음속에도 자란다

어쩌다가 페로몬 향기도 나지만

눈물이 많은 꽃을 피우며

열매는 밤알처럼 고소하기도 하고

달고 쓰고 맵기도 한다

고함량의 독이 들어있는 열매를

저도 모르게 씹어 삼키게 하는 나무

외로움에서 움트는 나무

누구나 한 주씩은 가꾸게 되는 나무

미워하지만 어쩔 수 없이 곁에 두는 나무

식물도감이나 학명에도 없는 나무가 있다

　　　　　　—「미운 나무」 전문

　위의 시에서 화자는 사람은 "누구나 한 주씩은 가꾸게 되는 나무"인 "미운 나무"를 곁에 두고 살아간다고 말한다. 그 나무는 "식물도감"에도 없는 나무이며, "번식력이 강해서" 아무 데서나 잘 자란다. 화자는 그 나무가 음지나 양지는 물론, 습한 곳이나 건조한 곳, 인공적인 정원이나 자연 속의 산과 강, 심지어 마음속에서도 자라는 나무라고 말한다. "외로움에서 움트는 나무"인 그 나무는 "고함량의 독이 들어있는 열매"를 자신도 모르게 "씹어 삼키게" 한다. 사람은 외로움을 달래기 위해 때로는 독배를 들기도 하는 존재이기에 그렇다. 한편 때로는 유혹의 "페로몬 향기"를 풍기기도 하지만, 결과적으로 그것은 "눈물이 많은 꽃"을 피우게 하며 그 열매는 "고소하기도 하고 달고 쓰고 맵기도” 하다. 그 나무란 무엇인가? 바로 우리 범부凡夫가 지닌 애욕의 나무이며 집착의 나무이며 미련의 나무이며 무명의 나무이다. 포괄적으로 말하면 감정의 나무이다. 그러한 애욕과 집착과 미련의 나무를 지니기에 인간인 것이 아닐까? 이런저런 감정에 울고 웃게 하는 나무이기에 화자는 그러한 자신이 밉지만, 또한 “어쩔 수 없이 곁에 두”어야 하는 나무라고 말한다. 이 시에서 “미운 나무”는 우리가 살아 있는 한 영원히 벗어나기 힘든 번뇌의 뿌리이기도 하다.

2. 부조리한 삶에 대한 반항과 ‘거룩한 긍정’

현대 철학의 선구자인 프리드리히 니체는 인간을 ‘짐승과 위버멘슈를 잇는 밧’줄에 비유한 바 있다. 위버멘슈(Übermensch)는 극복인, 즉 인간의 가장 현실적인 이상형을 말한다. 그는 심연 위에 드리운 밧줄일 뿐만 아니라 그 밧줄 위를 걸어가는 자이다. 인간이 위대한 것은 인간이 이미 위대하기에 위대한 것이 아니라 위대함으로 가는 밧줄 그 자체이자 그 밧줄 위를 걷는 자이기 때문이다. 극복인으로서의 인간은 자신과 세계의 만남 속에서 새로운 변화의 계기들을 발견한다. 그는 부단히 이행하는 열린 존재로서의 삶을 살아간다. 그러나 그것은 익숙해진 것으로부터 벗어나는 과정이기에 고통스러운

과정이다(김선희, 「철학자가 눈물을 흘릴 때」). 니체는 삶이 여러 가지 변화에 직면하여 인간의 정신이 겪는 변화상을 낙타, 사자, 어린이의 세 가지 단계로 구분한 바 있다. 낙타는 정신의 강인함을 상징한다.

아직도 매일매일 지게를 진다
등허리에 A자를 놓는다는 것은
천근만근 어깨와 가슴을 조여내는 일
잠을 자다가 문득 깨어보면
짓누르고 옥조이는 저 시커먼 짐의 무게

민속 박물관에서
진시황릉 병마용갱의 병사들처럼 살아 숨 쉬는
지게를 벗어버린 이들의 뒷모습을 보았다
짐의 무게는 내려놓을수록 가벼웠을 터
당신도 지게를 가볍게 지라고 권하고 있다
— 「A의 무게」 부분

위의 시에서 화자는 "민속박물관"에 가서 "A"자 모양으로 생긴 "지게"를 발견하고 거기서 삶의 무게를 자각한다. 우리가 살아간다는 것은 각자에게 주어진 삶의 무게를 견뎌내는 일이다. 이는 니체가 말한 낙타의 단계에 해당한다. 낙타는 무거운 짐에 대한 공경과 두려워하는 마음을 지니고 있기에 짐이 아무리 무거워도 그것을 견딘다. 강인한 정신을 지닌 낙타는 자신의 강인함으로 무거운 짐을 진다. 그리고 그 자신의 사막으로 달려간다. 낙타는 그 시대의 영웅과 같은 존재이다. 그러나 자신의 주관이나 신념이 없이 수동적으로 자신에게 주어진 삶의 무게를 묵묵히 받아들이는 인간, 익숙한 것들을 등에 짊어지고 말없이 살아가는 사람의 삶이다. 그것은 "등허리에 A자를 놓는다는 것"과 같은 일인 동시에 "천근만근 어깨와 가슴을 조여내는 일"이기도 하다. 주어진 고행만으로도 벅찬 삶인데, 그것을 참고 견디는 일은 어쩌면 일종의 자기학대가 될 수 있다. 그래서 화자는 시의 말미에서 가능하다면 짐의 무게를 내려놓으라고 말한다. 욕망과 집착으로 인하여 짊어진 짐의 무게가 무겁다면 그것을 조금 내려놓음으로써 가벼워질 수 있다는 것이다. 즉 욕망과 신념의 무게를 줄이면 그것을 감당하는 일도 가벼워질 테니까 짐을 좀 가볍게 하여 살아가라고 권하고 있는 것이다. 이제 낙타는 사자로의 변신을 꿈꾼다. 사자가 된 정신은 더이상 짐을 지고 가는 것으로 만족하지 않는다. 그에게 필요한 것은 선택의 자유이다. 그는 자유를 통하여 노예가 아니라 주인이 되고자 한다. '나는 누구인가?'하고 자신의 존재와 운명에 대해 질문을 던진다.

그대, 바람의 결만 마시고 살아본 일 있는가
바람의 결만 마시고도
청아한 목소리로 연주해 본 일 있는가

그대, 달 밝은 밤 달빛에 묶여 울어본 일 있는가
별빛에 배를 채우다가 말라버린 배를
쏟아지는 빗물로 채우려 온몸이 젖어본 일 있는가

허허한 허공에 매달려 소리 내어 하고 싶은 말
머리를 부딪쳐 울어보고 그래도 외로우면
뱃가죽과 꼬리를 흔들며 보고 싶다 소리쳐본 일 있는가

종잇장처럼 말라버린 몸으로
먼산만 바라보다가 바람의 모가지를 물고 늘어지듯
뼈마디를 부딪쳐야 하는 붕어로 살아본 일 있는가

절집 처마에서 하늘붕어로 매달려 살아가는
일 년 삼백육십오일, 그런 운명 서럽다고
온몸을 부딪쳐 종 쳐본 일 있는가!
　—「하늘붕어」 전문

위의 시에서 화자는 반복적으로 자신에게 질문을 던진다. 지
금까지와는 다른 삶의 방식에 대해서 도전해본 적이 있는가?
하고 묻는다. 자신의 부조리한 운명에 대해 성찰해본 적이 있
는가를 묻고 있는 것이다. 그것은 니체가 '거대한 용'으로 비유
했던 윤리적 당위성의 명령들을 의미한다. 마땅히 그러해야 하
는 것들에 대해 근원적인 의문을 표하는 것이다. 위의 시에서
그러한 질문들은 매우 감각적이고 서정적인 질문들로 짜여져

있다. "바람의 결만 마시고도 청아한 목소리로 연주해 본 일 있는가" 라거나 "달 밝은 밤 달빛에 묶여 울어본 일 있는가" 혹은 "허허한 허공에 매달려 소리 내어 하고 싶은 말"을 "뱃가죽과 꼬리를 흔들며 보고 싶다. 소리쳐 본 일 있는가", 그리고 "뼈마디를 부딪쳐야 하는 붕어로 살아본 일 있는가"라고 질문을 던진 다음, 화자는 마침내 "절집 처마에서 하늘붕어로 매달려 살아가는" 자신의 서럽고 부조리한 운명에 대한 도전을 "온몸을 부딪쳐 종 쳐본 일 있는가!"라고 절규한다, 기존의 고정관념이나 선입견의 힘은 마치 용의 위용과도 같이 우리의 의식을 짓누르고 있다. 그것은 기존의 가치들을 묵묵히 따르는 낙타가 되기를 종용한다. 그러나 참된 자신이 되고자 한다면 그러한 용에 대하여 저항할 필요가 있는 것이다. 낙타로서의 삶으로부터 정신이 자유로워지기 위해서는 자유의 쟁취가 필요하다. 나의 존재와 운명에 대하여 가열찬 저항이 필요한 것이다. 그러나 자유를 쟁취하고자 하는 사자의 단계는 새로운 가치를 창조하기 위한 준비작업에 불과하다. 이 준비작업 다음에는 '어린 아이'로의 변화가 필요하다. 『짜라투스트라는 이렇게 말했다』에서 니체는 이렇게 말한다. "어린 아이는 천진난만, 망각, 새로운 시작, 놀이, 스스로의 힘에 의해 돌아가는 바퀴, 최초의 운동, 거룩한 긍정이다. 그렇다 나의 형제들이여. 창조의 놀이를 위해서는 거룩한 긍정이 필요하다"라고.

올해, 유치원에 입학하는 손녀가

가슴에 꽃 모양의 스티커를 달아주며

"할아버지"

"왜에"

"이거 단추야, 꼭 누르면 내가 달려올게에"

"어디서든지?"

"응!"

내가 단추를 누르며 "띵동 띵동" 하자

달려와 품에 안긴다

단추를 누를 때마다 달려와 품에 안긴다

"사랑해!"

"나두!"

멀리 자기 집에 가서 유치원 다니는 그 손녀

내가 단추를 누를 때마다

가슴속으로 달려와 품에 안긴다

　　—「사랑해」 전문

　위의 시에서 화자는 천진난만한 손녀를 통해 경험한 삶의 행복과 기쁨의 주이상스(jouissance)를 있는 그대로 보여준다. 여기 등장하는 '손녀'는 삶을 놀이로 보고 즐기며 자신만의 가치를 새로이 만들어가는 존재이다. 어린아이는 즐겁게 놀이하며 사는 사람인 동시에 새로운 시작과 거룩한 긍정을 의미한다. '동일한 것의 영겁 회귀'라는 삶의 가혹한 진실이 인지되었다 할지라도 이 극단적인 허무주의 앞에서 인간을 지켜주는 것은 바로 '운명애(Amor Fati)의 용기'이다. "그것이 생이었던가? 좋다! 그렇다면 다시 한번"이라고 말할 수 있는 용기는 죽음을 넘어선다. 이것이 바로 어린아이의 '거룩한 긍정'일 것이다. 우리의 창조적 놀이를 위해서는 거룩한 긍정이 필요한 것이다.

> 날마다 외줄 타기를 한다
> 줄은 현기증 나게 높고, 밑은 강물
> 흔들거리는 줄에 몸을 맡기고 건너간다
> 줄은 늘 혼자라서
> 두려움에 떨었으나 이젠 습관이 되었다
> 줄의 시작은 어설픈 첫사랑이 있었고
> 줄의 저편에는 아내가 있다
> 아내는 종종 줄을 타고 나에게 오기도 한다
> 줄에는 사랑하는 사람들이 있다
> 네 것 내 것 따지고 다투기도 하지만
> 사랑을 확인하며 우리는 술잔을 나눈다
> 네가 그리워 줄을 잡고 울기도 하지만
> 줄에서 마주친 우리들이 웃을 때가 행복하다
> 마음이 아플 때는 시라는 약을 넣어
> 링거줄에 생명을 전수 받을 때도 있다
> 아침마다 부활하여
> 해가 뜨면 줄을 타고 너에게로 간다
> 나는 관객 없는 광대, 외로움은 사치다
> ―「나는 광대다」 전문

위의 시에서 화자는 삶을 하나의 놀이로 간주하면서, 자신을 날마다 "외줄 타기"를 하는 "광대"에 비유하고 있다. "흔들거리는 줄에 몸을 맡기고" 살아가는 삶을 긍정하고 있다. 밧줄과 같은 삶의 심연 속에서 숱한 만남과 운명의 필연성에 대한 긍정과 그것의 적극적인 양태로서의 사랑을 노래한다. "시가 생명을 치유하는 약"이라는 인식도 보여준다. "아침마다 부활"하는 영겁 회귀의 고독한 삶 속에서도 화자는 인생을 향한 거룩한 긍정의 태도를 보여준다.

3. 은유와 풍자를 통한 삶의 관조와 초월

유준화 시인은 비유에 능한 시인이다. 시의 매력은 바로 은유와 상징에서 온다. 시가 은유와 상징으로 이루어지는 하나의 스토리텔링이라면, 유준화시인은 능숙한 스토리텔러(story-teller)라고 할 만하다. 그의 시는 종종 펀(pun)이나 패러디(parady) 혹은 풍자를 활용한 작품에서 빛을 발한다. 풍자시란 흔히 비평 정신을 바탕으로 하여 사회, 인물의 결함, 죄악과 모순 등에 대해서 재치 있는 비유를 사용하여 폭로함으로써 현상의 이면에 숨겨진 본질을 드러냄으로써 시의 매력을 돋보이게 하는 방법이다.

나는 밥을 정말 좋아한다

남의 밥이 되기는 정말 싫다

밥이 되지 않으려고 날마다 밥을 먹었다

되도록 맛집을 찾아다니며 먹었다

남의 밥을 몰래 먹는 맛도 기가 막히게 좋았다

늙는 것이 아니라 익어간다고, 둘러대며

남의 밥이 되어가고 있는 나를

나만 모르고 있었다
ㅡ「밥」 전문

　위의 시에서 화자는 "밥"을 중의적으로 사용하고 있다. 타인의 먹잇감이라는 의미의 밥과 생존을 위한 음식으로서의 밥이라는 중의적 수법을 통해서 서로 먹고 먹히는 세태를 풍자적으로 보여주고 있다. 특히 자아도취에 빠져서 "늙는 것"을 "익어가는 것"이라고 우기는 자기기만이 결국은 자기 자신을 남의 밥이 되어가는 줄도 모르는 맹목(hamarcia)으로 유인한다는 역설적 진리를 제시한다. 다음의 작품 역시 "대가리"라는 단어의 다중적 의미를 잘 살려서 시 읽는 재미를 독자에게 선사하고 있다.

대가리가 있어야 세상은 돌아간다 맛대가리가 없는 음식은 먹을 수가 없다 그 집 음식은 맛대가리가 없기로 소문났다고 한다 자동차도 대가리가 있어야 굴러간다 둔한 사람을 보고 대가리가 비었다고 한다 착한 사람 보게 되면 대가리가 꽉 차 있다고 한다 생선도 대가리가 더 맛있고 기왕이면 용 꼬리보다 닭 대가리 되는 게 낫다고 한다 사람들은 대가리가 되기 위한 목표를 세우고 달린다 대가리를 뽑기 위해 투표를 한다 대가리가 되고 나면 대가리를 잘 못 굴려 저도 망치고 남도 망치는 놈도 있다 대가리가 되어도 몸통과 다리가 없는 대가리는 살지 못한다는 걸 잊고 있다
　—「대가리 타령」 부분

위의 시에서 화자는 우선 대가리의 다양한 용례를 열거한다. "대가리가 있어야 세상은 돌아간다"는 것은 훌륭한 우두머리 즉 지도자가 있을 때 그 집단이 원활하게 작동한다는 의미로 쓰였다. "맛대가리"는 '맛'의 비속어이다. 자동차의 대가리는 엔진이 있는 앞부분을 가리킨다. '기관차' '기차 대가리'라고 하는 것과 같은 경우다. 그리고 이어서 세태를 풍자한다. "사람들은 대가리가 되기 위해 목표를 세우고 달린다" 즉, 남보다 우

월한 지위를 얻기 위해 목표를 세우고 노력하며 앞으로 나아간다. 아들러가 말한 우월감 추구의 욕구이다, 이는 인간이 본래 지니고 있는 열등감의 극복을 위해 행동한다는 이론과 동궤이다. 그리고 화자는 정치 현상을 풍자한다. 즉, "대가리를 뽑기 위해" 주민들은 투표를 하는데, 선거의 후보자들은 "대가리가 되고 나면 대가리를 잘 못 굴려 저도 망치고 남도 망치는 놈"도 있다면서 "대가리가 되어도 몸통과 다리가 없는 대가리" 즉 지속성과 진정성 없이 선거 때만 표를 달라고 외치는 정치꾼들의 위선을 냉정하게 비판하고 있다. 이처럼 이 시는 시어의 다양한 의미를 활용함으로써 하나의 단어를 상징적 차원으로 드높이고 있다. 다음의 시 역시 '어느새'라는 부사어를 의인화시켜 삶의 무상성을 잘 변주해 보여주고 있다.

어느새라는 새가 있대요

그새가 귀밑머리에 앉았다 날아갔어요

그새가 눈썹에 앉았다 날아갔어요

그새가 머리 위에 앉았다 날아갔어요

그새가 아내에게도 앉았다가 날아가고

그새가 친구들에게도 앉았다 날아갔어요

그새가 날짜를 마구마구 물고 날아 갔어요

그새가 앉아있다가 하나씩 물고 날아가고 나면

하얀 발자욱만 남기고 가는 새

있었던 일들이 흑백 사진처럼 되어버리고

어느새 이렇게 되었나, 어느새 어느새 하며

우리도 새가 되어 날아간대요
— 「어느새」 전문

위의 시에서 화자는 '어느 틈에 벌써'라는 뜻을 지닌 부사어 "어느새"에서 조류를 의미하는 '새'와 음가가 같은 형태소 '새'에 상상력을 불어넣어 "아내"나 "친구"의 "귀밑머리, 눈썹, 머리"를 하얗게 변화시키는 세월의 무상함을 드러내고 있다. 동화적 상상력을 발휘하여 "그 새가 날짜를 마구마구 물고 날아갔"다고 함으로써 시에 생동감을 더해주고 있다. 마지막으로 유준화 시인의 시적 가능성을 보여준 아름다운 시 한편을 보기로 한다.

비 오는 날 은개늪*에는
하늘의 별보다 많은 동그라미가 태어난다
동그라미들은 작은 왕관을 쓰고 있다
고향집 뒷산에 아름드리 고욤나무가 있었다
해마다 오월이면 하늘의 별보다 많은

고욤 알들이 왕관을 쓰고 있었다

고욤 알들이 왕관을 내려놓고 까맣게 익어가면

단내 나는 나무 밑에는 가을이 떠날 줄을 몰랐다

아이들아! 왕관의 꿈을 가슴에 품되

한 발짝 뒤로 물러설 줄도 알고

너무 높은 곳에 오르려 하지 마라

석가는 왕관을 던져 버리고 인류의 스승이 되었다

폭풍을 견디고 알알이 여무는 가을이 오면

너희들 세상도 단내가 날 것이다

무수한 생명이 왕관을 쓰다가 버리고 있는

비 오는 날 은개늪에서

마음속에 동그라미를 그리고

남몰래 왕관을 쓰다가 내려놓는다

　　─「왕관」 전문

　위의 시에서 화자는 공주산성 아래에 있는 "은개골 늪"의 수면 위에 이는 동그라미 모양의 파문을 바라보며 "고향집 뒷산의 아름드리 고욤나무"를 떠올린다. 고욤나무 열매들의 받침대가 마치 왕관 모양을 하고 있는데, 화자는 그것을 "고욤 알들이 왕관을 쓰고 있었다"고 묘사한다. 그리고 시의 후반부로 가면서 다음 세대의 아이들을 타이른다. "왕관의 꿈을 가슴에 품되 한 발짝 뒤로 물러설 줄도 알고 너무 높은 곳에 오르려 하지 마라"는 마치 할아버지가 손주에게 해 주는 듯한 다사로운 말씀은 결국 다음 세대를 이어갈 후손들에게 큰 꿈을 지니고 앞으로 나아가되 너무 높은 곳에 오르려다가 좌절할 수 있으니 욕망을 절제하고 경우에 따라 한 발 뒤로 물러설 줄도 아는 양보의 미덕과 지혜를 지닌 사람이 되라는 간곡한 당부로 이어진다. 왕관을 던져 버린 석가모니가 인류의 위대한 스승이 되었음을 예시한 다음, 화자는 자신의 마음 속 욕망의 파문을 관조한다. 이 시는 "왕관"의 모티프를 매개로 인간의 욕망과 그것의 부질없음을 담담하게 통찰하고 있다.

유준화 시인은 능숙한 비유와 상징을 구사하는 스토리텔러다. 삶의 숨겨진 비의와 세태를 풍자적으로 드러낼 때 그의 시는 빛을 발한다. 이것은 물론 세상에 대한 깊은 통찰과 비평의식에 기인하는 것이다. 이 세상은 욕망의 "진흙탕"이며, 사람들은 누구나 "미운 나무"를 한 그루씩 곁에 두고 살아간다. 이 나무는 애욕과 갈애의 나무이며 미련과 집착의 나무이다. 화자는 이것 때문에 우리의 삶이 무거워진다고 말한다. 익숙해진 것으로부터 벗어나려는 낙타와 사자의 고통스러운 이행과정을 거쳐 마침내 천진난만한 어린아이의 자유와 '새로운 시작'과 '거룩한 긍정'에 이를 때, 우리는 진정한 삶의 기쁨과 주이상스, 그리고 창조적 놀이에 이를 수 있음을 보여준다. 유준화의 시가 더욱 정교해지고 깊이를 더하여 완미完美한 시의 정상에 오르기를 기대한다.

불교문예시인선 • 055

바람의 옷깃을 잡고

ⓒ유준화, 2023, Printed in Seoul, Korea

초판 인쇄 | 2023년 8월 01일
초판 발행 | 2023년 8월 10일

지은이 | 유준화
펴낸이 | 문병구
편　집 | 구름나무
디자인 | 쏠트라인saltline
펴낸곳 | 불교문예출판부

등록번호 | 제312-2005-000016호(2005년 6월 27일)
주　　소 | 03656 서울시 서대문구 가좌로2길 50
전화번호 | 02) 308-9520
전자우편 | bulmoonye@hanmail.net

ISBN : 978-89-97276-72-1 (03810)
값 : 10,000원

* 잘못된 책은 바꾸어 드립니다.
* 지은이와 협의하여 인지를 생략합니다.
* 이 책의 판권은 지은이와 불교문예출판부에 있습니다.

* 본 도서는 충청남도 충남문화재단 의 후원으로 발간되었습니다.